El edificio

Jairo Buitrago Daniel Rabanal

BABEL

ANTES, MUCHO ANTES, SE VIAJABA EN TREN.
Y LOS PASAJEROS LLEGABAN A LA CIUDAD EN LAS MAÑANAS FRÍAS.

EL SEÑOR LEVIN HA VENIDO A PROBAR SUERTE EN OTRO LUGAR.

ÉL SABE REPARAR RELOJES, CASI NADIE SABE DE RELOJES.

EN LA PUERTA SE CRUZAN SIEMPRE LOS VECINOS...

MUY TEMPRANO, LEVIN SALE A DESPEDIR A LA SEÑORA BLANCA.

LOS RELOJES DE LEVIN MARCAN EL TIEMPO, EL TIEMPO QUE PASA...

...EL TIEMPO QUE VA CAMBIANDO A LA GENTE, A LOS VECINOS...

UNA Y OTRA VEZ, AL TIC-TAC DE LOS RELOJES.

VAN Y VIENEN, COMO EL VIENTO, LOS VECINOS.

PERO LEVIN SIGUE AHÍ, EN EL MISMO LUGAR.

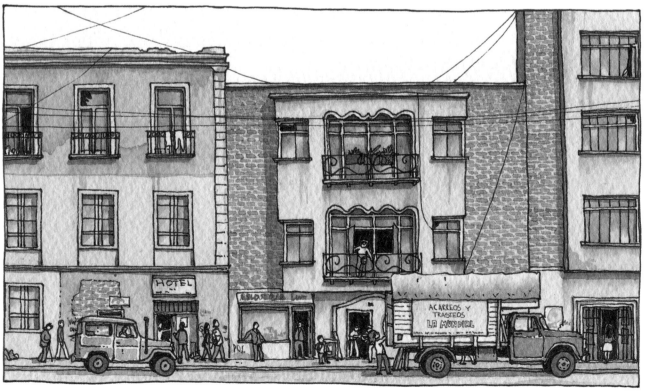

ARRIBA TAMBIÉN SIGUE LA SEÑORA BLANCA, SIEMPRE SILENCIOSA.

EN EL PISO DEL MEDIO HA VENIDO A VIVIR IVÁN.

EN EL TEJADO, SIEMPRE, LOS GATOS, Y MÁS ARRIBA,
EN EL CIELO, LOS PÁJAROS.

NUEVOS VECINOS HAN NACIDO EN EL TRASTERO... PERO SÓLO IVÁN SABE QUE EXISTEN.
ASÍ QUE NECESITA HACERLE UNAS PREGUNTAS A ALGUIEN DE CONFIANZA.

ALOJARLOS EN SU ARMARIO NO HA SIDO UNA BUENA IDEA...
¡TIENE QUE BUSCARLES UN NUEVO HOGAR!

FRENTE A LA PUERTA ENTREABIERTA
UNOS VIEJOS ZAPATOS TOMAN EL SOL

PUEDEN SER UN BUEN APARTAMENTO
PARA LA GRAN FAMILIA.

SEGURO LA VECINA DE ARRIBA
NO VA A EXTRAÑARLOS.

CABEN SIN PROBLEMA Y BASTA LLENAR SU ALACENA DE MIGAJAS Y PAPEL.

Y CUANDO LLEGAN PAPÁ Y MAMÁ, SÓLO TIENE QUE ESCONDERLOS BAJO SU CAMA.

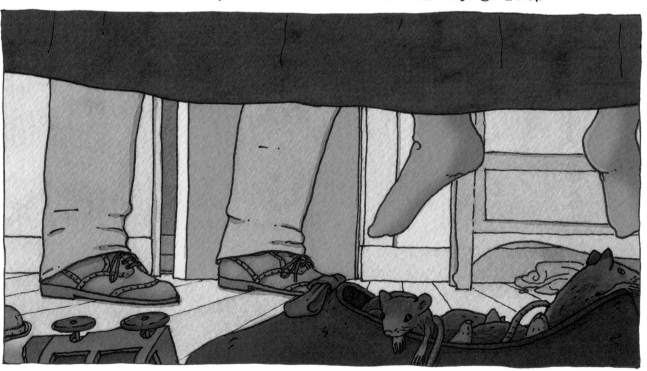

EL SEÑOR LEVIN PARECE PREOCUPADO.

SUBE CORRIENDO AL ÚLTIMO PISO DONDE VIVE LA SEÑORA BLANCA.

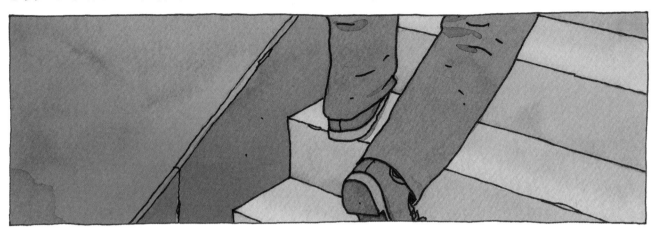

ELLA LE OFRECE UN CAFÉ, PERO PARECE TRISTE.

EL SEÑOR LEVIN BAJA DECIDIDO.

SALEN EN MISIÓN SECRETA. VAN A LA PRENDERÍA, CON EL RELOJ MÁS GRANDE Y BONITO.

IVÁN SE AVERGÜENZA CUANDO EL SEÑOR LEVIN COMPRA UN PAR DE ZAPATOS DE SEÑORA.

EN SILENCIO, REGRESAN AL EDIFICIO.

IVÁN SIENTE QUE TIENE QUE DECIR ALGO. PEDIR DISCULPAS.

SIENTE QUE HA EMPEZADO A ENTENDER ALGUNAS COSAS DE LA VIDA.

LOS ÚLTIMOS RAYOS DEL SOL SE REFLEJAN EN LAS VENTANAS. HA SIDO UN BUEN DÍA.

El edificio

Este libro fue publicado con el apoyo de la "Beca para la publicación de libro ilustrado –álbum, cómic, novela gráfica–" del Ministerio de Cultura.

© DEL TEXTO
Jairo Buitrago, 2014
© DE LAS ILUSTRACIONES
Daniel Rabanal, 2014
© 2014 Babel Libros

1ª EDICIÓN noviembre 2014
Calle 39A Nº 20-55, Bogotá
Teléfono 2458495
editorial@babellibros.com.co
www.babellibros.com.co

EDICIÓN
María Osorio
ASISTENTE DE EDICIÓN
María Carreño Mora
EDICIÓN DE TEXTOS
Beatriz Peña Trujillo
INVESTIGACIÓN
María Camila Peña Bernal
FOTOGRAFÍA
Alberto Sierra Restrepo
FOTOGRAFÍAS ANTIGUAS
Hugo Delgadillo
DISEÑO
Camila Cesarino Costa

ISBN 978-958-8841-67-0

IMPRESO EN COLOMBIA POR
Panamericana Formas e Impresos S.A.

Busque *El edificio* en las tiendas de apps de Apple y Google Play.

Disponible en el App Store
Google play
Edición digital: ΜΑΠUVO www.manuvo.com
Animación: Timbo Studio
Música: Alexis Ledesma y Pablo Miranda